聞卷十九

宋王質撰

聞頌一

南風雅皆周獨頌有周有魯有商魯則本國商則異代季子所觀其辭極天下之美恐魯僖公未足以當之文克亦未足以當之也杜氏以爲盛德之所同也爲有商魯故同爲盛德魯僖未爲盛德與成湯不惟分位不倫而人品亦異季子所言容或有溢美猶之可也孔子所存當纖毫勺撮無差不

應孔子魯人私于鄉里情義如此細推恐風亦有魯此當與東山等詩同次而商頌之外亦容有虞夏虞書明良之歌所謂直而不倨者也夏書五子之歌所謂哀而不怨者也不應孔子商後私于祖先系胄如此故自孔子之後更世縣遠歷亂繁夥不惟有所遺軼而更張移易不可復攷又拘于庸儒狹士而不敢自立所見制于凶朋捍類案捍當作悍而不敢有異其言姑存以待識者孔子所稱三百今三百五篇或曰舉成數也若後遷就以附會成數或四五六百或七八九百又烏可知此亦未聞

子夏所問巧笑倩兮美目盼兮素以爲絢兮今無素以爲絢兮五字其語意又不相符此恐别有一篇非碩人也而今無見孔子所謂唐棣之華偏其反而豈不爾思室是遠而曰未之思也夫何遠之有正是兄弟隔離之意此恐常棣有此一章而今不存則吾自衞反魯然後樂正雅頌各得其所過此以往其不得其所者又不可勝計也

聞頌二

武王頌止有一詩禮武樂最詳周家造基作樂之本其詩乃簡略如此一奏一終爲一成始而北出

謂攘玁狁之時也當有詩再成而滅商謂陳牧野之時也亦當有詩三成而南謂定荆蠻之時也亦當有詩四成而南國是疆謂服江漢之時也亦當有詩五成而分周公左召公右謂分陝郊之時也亦當有詩六成而復綴以崇謂伐崇墉之時也亦當有詩六奏而武樂成今存武詩當闕他詩也如時邁如執競如酌如桓如賚如般皆當分配武樂但年祀久遠古法不傳學者所見不卓守株按圖將何時而已今以禮推之略見總干而山立武王之事也與執競詩相應發揚蹈厲太公之志也與

酌詩相應武亂皆坐周公之治也樂歌至亂辭則終所以皆坐而享成與桓賚般等詩相應此五成以前也六成而復綴以崇餘樂餘聲也與時邁等詩相應此五成以後也所謂遲而又久度獨比諸樂爲延袤也今序者以賚爲大封不見大封以桓爲類禡不見類禡類禡出師之祭今詩皆保定之意以是知皆爲武樂所用也

聞頌三

頌諸篇多四字一句其閒有一字二字三字至五字者舊說以爲取數五行宋孝武使謝莊造郊祀

明堂歌辭依五行數木數用三火數用七土數用五金數用九水數用六此用月令之數也水一火二木三金四土五則洪範之數也蔡邕云東方有木三土五故八南方有火二土五故七西方有金四土五故九北方有水一土五故六若如謝莊之制則八言九言太長今以洪範爲定如清廟無射于人叶對越在天則斯一字爲句終章曰斯此餘聲也一字者也維清緝熙肇禋皆兩字爲句二字者也天作彼作矣彼徂矣三字者也至他四字五字甚多俗以緝熙文王之典六字除之字則五字

周頌

清廟一章 館本案原本佚葉今補錄經文于左

於穆清廟肅雝顯相濟濟多士秉文之德對越在天駿奔走在廟不顯不承無射於人斯

聞音曰命眉巾切叶純下皆以之相叶
聞句曰一句單入
總聞曰詩稱文王多以於爲辭於嘆聲也亦見一唱三歎遺音之意大率文王之樂自清廟之外皆有清廟之音也

維清一章

維清緝熙文王之典肇禋迄用有成維周之禎

維天之命一章

維天之命於穆不已於乎不顯文王之德之純假以溢我我其收之駿惠我文王曾孫篤之

聞音曰命眉巾切叶純下皆以之相叶
聞句曰一句單入
總聞曰詩稱文王多以於爲辭於嘆聲也亦見一唱三歎遺音之意大率文王之樂自清廟之外皆有清廟之音也

也無封靡于爾邦六字除于字則五字也大率凡六字一句皆有助辭無助辭者則有斷句也夙夜基命宥密六字每三字一句基協熙則非六字也儀式刑文王之典七字刑字斷刑叶方則非七字也九疇一五行萬事無不由之而出謝非亦有所自來也

維清止文王之典止肇禋止迄用有成維周
維清緝熙止文王之典止

之頌
合兩詩一純一清則見文王氣象清廟亦一清氣象尤著大率文王如空虛澄霽武王加之雲雨變化不可同語也
總聞曰肇禋卽肇祀謂后稷也至文王乃始有成書我文考克成厥勳誕膺天命以撫方夏惟九年大統未集勳已成而統未集故其後但言昊天成命而已所謂戎衣天下大定垂拱而天下治于其既成而加之孔氏武成者文王受命有此武功成于克商此成非爲此也蓋謂武樂一終爲一成此既作武樂以象其功又作武成以述其迹也併載

于此

烈文一章

烈文辟公錫茲祉福 止 惠我無疆子孫保之
此君譽臣之辭也
無封靡于爾邦維王其崇之念茲戎功繼序其皇之
無封無專封也所謂無有封而不告者也靡于爾邦勿私已國也所謂無曲防無遏糴也無靡皆禁止之辭也
無競維人四方其訓之不顯維德百辟其刑之於乎

前王不忘

此君戒臣之辭也前王句且不忘辟公其可忘之聞音曰首尾皆以之相叶疆旁紐蹻保旁紐博相叶邦卜工切上叶公下叶崇皇胡公切叶功訓旁紐藁叶人刑旁紐檄叶德

總聞曰大率序拘于頌以成功告神明之意故皆以神明祭祀爲言雖無見者且彊而歸之此以爲卽政助祭臣工以爲助祭遣廟二者以序參詩言之皆助祭受遣之詩也何前不言遣于廟後乃言遣于廟慮重出也無由助祭之時相禮之際發語

皆曰其其者期之之意也若使誠如序者之言亦必與臣工皆在載見有客之後惜乎邈邈不可復更正也

天作一章

天作高山止 大王荒之彼作矣止 文王康之彼徂矣止 岐有夷之行子孫保之

聞音曰上句叶荒康行是也行戶郎切下句叶矣之是也矣魚其切細推皆叶韓氏岐山操岐有岨我往獨處正用此詩以徂爲岨當有所自來旁紐亦近胥祖兩韻仍通用作爲做保爲補皆叶今西

北人猶有此音
聞句曰一句單入
總聞曰高山岐山也周家之興自岐緜詩可見

昊天有成命一章

昊天有成命二后受之止成王不敢康止夙夜基止
命宥密止於緝熙止單厥心肆其靖之
成王眞成王也
聞音曰首尾以之相叶中基熙相叶靖旁紐子盈
切叶心
聞句曰兩句雙入

總聞曰並受此丕丕基見書立政初兼稱文王武
王繼三稱文王一稱武王又稱以並受此丕丕基
故此稱天命亦並言受至言文武之際又自有微
意也

我將一章

我將我享維羊維牛維天其右之止儀式刑止文王
之典日靖四方止伊嘏文王既右饗之止我其夙夜
畏天之威于時保之
聞音曰牛魚其切與之叶末威與之叶相似不爾
用右旁紐夷周切叶牛方披耕切叶刑饗旁紐虛

艮切叶王吳氏三之爲韻亦可

總聞曰詩多言文王之典今周禮葢文王之時所著所謂惟王建國辨方正位體國經野設官分職以爲民極皆造始之意自太王已有司空

時邁一章館本案時邁執競思文三章原本缺葉今補錄經文于左

時邁其邦昊天其子之實右序有周薄言震之莫不震疊懷柔百神及河喬嶽允王維后明昭有周式序在位載戢干戈載櫜弓矢我求懿德肆于時夏允王保之

執競一章

執競武王無競維烈不顯成康上帝是皇自彼成康奄有四方斤斤其明鍾鼓喤喤磬筦將將降福穰穰降福簡簡威儀反反既醉既飽福祿來反

思文一章

思文后稷克配彼天立我烝民莫匪爾極貽我來牟帝命率育無此疆爾界陳常于時夏

聞事曰毛氏牟麥也說文來牟天所來也亦可通用

總聞曰生民言誕降嘉種至此又言貽我來牟恐止是舜降此種故曰汝后稷播時百穀鄭氏赤烏

將牟麥俱來雖可附會要未必實然大率亦履神迹呑鳥卵之比毛氏則不如此也

臣工一章

嗟嗟臣工敬爾在公王釐爾成來咨來茹止　嗟嗟保介維莫之春亦又何求如何新畬止　於皇來牟將受厥明明昭上帝止　迄用康年命我衆人庤乃錢鎛奄觀銍艾

此於皇來牟卽思文貽我來牟也上帝卽思文帝命也大率周家凡舉農事必舉后稷此恐是籍田之禮禮天子乃以元日祈穀于上帝乃擇元辰天子親載耒耜措之于參保介之御閒帥三公九卿諸侯大夫躬耕帝籍天子三推三公五推諸侯九推（案諸侯上當如月令有卿字據下句可見）此臣工公卿侯大夫也保介參保介也元日正月一日也元辰三月一日也故謂暮春

聞音曰茹人余切叶畬艾魚刈切叶帝集韻茹如艾又皆通（案又當作乂）年彌因切叶人如克配彼天叶立我烝民皆不為韻亦叶然則古詩縱横委曲多叶今但得叶韻已足安能盡如古風也

聞訓曰奄忽也方新畬忽刈穫當與新畬連玩卽

覺銍艾有力

聞用曰銍穫禾短鐮非穫從金可見

總聞曰嗟嗟之意可以勸人亦又如何皆于人有感古人相與皆眞情故發語吐懷有餘味也

噫嘻一章

噫嘻成王既昭假爾率時農夫播厥百穀 止 駿發爾私終三十里亦服爾耕十千維耦

成王眞成王也與昊天有成命成王同鄭氏昊天有成命成王成此王功也毛氏以成王成是王事也鄭氏成此王功也何用費力也

聞音曰穀古候切叶耦集韻穀一木也一善也皆居候切上句爾叶里一章兩上叶兩下叶

總聞曰噫嘻亦嗟嗟但嗟嗟君接臣噫嘻下接上皆有情也

振鷺一章

振鷺于飛于彼西雝我客戾止亦有斯容 止 在彼無惡在此無斁庶幾夙夜以永終譽

聞音曰斁丁故切

聞跡曰西雝但雝非辟也公緘鼎王在下保雝辟氏深悉古文疑下保雝者官名如西雝之類又伊

卣王飲西宮熹熹亦雝也疑即西雝然則雝既有
上下亦當有東西側集于西爾
總聞曰不必以客遂衍意爲二王之後賓亦客也
何不以鹿鳴彤弓比此詩恐止是羣臣也

豐年止多黍止多稌止亦有高廩止萬億及秭爲酒
爲醴烝畀祖妣以洽百禮降福孔皆

豐年一章

齊侯鐘用享于其皇祖皇妣皇母皇考則祖與妣
配母與考配伯碩父鼎追孝于朕皇考釐仲皇母
乳母古者不專言祖母考妣又頣父鼎亦然不見

此則祖妣似可疑也禮以享先妣鄭氏姜嫄也以
享先祖鄭氏先王先公也易過其祖遇其妣古配
耦之語多然而後世惟執父母爲考妣雖書則然
相傳無定稱也

聞音曰年彌因切廩旁紐作臨上下相叶中黍稌
相叶皆舉里切與上四韻相叶

聞用曰禮厚薄之齊酒厚者也醴薄者也所謂醴
酒至漢猶有此名見楚元王傳

總聞曰所食之餘藏之于廩以待他年故曰亦有
毛氏亦大也集韻奕大也亦又也語勢作又爲當

有瞽一章

有瞽有瞽在周之庭止　設業設虡崇牙樹羽應田縣鼓鞉磬柷圉既備乃奏簫管備舉止　喤喤厥聲肅雝和鳴先祖是聽我客戾止永觀厥成

聞音曰聽他經切

聞句曰首兩句總起下六句叶瞽又下五句叶庭分叶首兩句此詩人別一規制

聞字曰說文引詩鐘鼓鍠鍠或從音執競作鍠此亦當作鍠以喤爲小兒聲引詩其泣喤喤此與鐘鼓之聲不類然亦可通用

總聞曰此詩雖簡合樂略備毛氏業大板也所以飾栒爲縣也植爲虡衡爲栒葢鐘磬之縣也毛氏崇牙上飾卷然後可以縣孔氏業之上齒以其形卷得掛繩其上而爲縣也樹羽置羽也置于栒虡之上角亦以爲飾也小師下管擊應鼓鄭氏鞞屬也太師下管播樂器令奏鼓朄鄭氏田當作朄朄小鼓也小胥正樂縣之位鄭氏樂縣鐘磬也鐘師凡樂事以鐘鼓奏九夏夏大也此則大鼓也應田皆小鼓也眡瞭播鼗擊頌磬笙磬小師鼓鼗柷敔鄭氏鼗如鼓而小亦小鼓也柷如漆桶中有椎敔

木虎也小師鼓鞉柷敔塤簫管弦歌毛氏簫編小竹管如篴併而吹之此皆在庭之樂也自今推古略見先設鐘磬之縣于庭然後小鼓與大鼓間作小鼓與磬亦間作小鼓多鐘大鼓單鐘小鼓節雜大鼓節全樂磬與小鼓相參爲節以均和諸樂大鼓統而鎭之鼓磬既備則簫管次用蓋歷神坐舉獻爵大樂器則一定而不動凡以手擊者大也小樂器則隨步而屢移凡以口歛者小也喤喤大樂器之聲也肅雝和鳴小樂器之聲也至永而後成成猶終也此當是武樂禮武之備戒之已久何也曰病不得其衆也咏嘆之淫液之何也曰恐不及事也遲之遲之又久何也曰武始而北出再成而滅商三成而南四成而南國是疆五成而分周公左召公右六成而復綴以崇則武之遲久不亦宜乎此所謂永觀厥成也

潛一章

猗與漆沮潛有多魚有鱣有鮪鰷鱨鰋鯉以享以祀以介景福

聞音曰祀逸織切福筆力切

總聞曰舊說漆沮水緩合爲渭水則急不必如此

但可潛則多魚春滲于草冬匿身于穴非有可潛之所則魚不能蓄毛氏潛槮也孔氏積柴養魚曰槮四月匪鱣匪鮪潛逃于淵鶴鳴魚在于渚或潛在淵何必他求或謂周家起自漆沮故取此地之魚以祀先祖若爾他物皆取初興之地則可似未甚通也

雝一章

有來雝雝至止肅肅相維辟公天子穆穆於薦廣牡相予肆祀假哉皇考綏予孝子宣哲維人文武維后燕及皇天克昌厥後

宣哲文武皆稱辟公之能也喜皇考而安孝子舉其在列言之此宣哲者也此文武者也所以上安

及乎天而下昌及乎後也

綏我眉壽介以繁祉既右烈考亦右文母

烈考武王文母武王之配成王之母也猶頭父鼎所謂皇考皇母大牢古以考配母也或謂皇考祖也皇母祖母也齊鐘用享于其皇祖皇妣皇母皇考繼言不顯皇祖其作福元孫又言汝考壽萬年俾百斯男則是祖考併言也

聞首曰后後皆狠口切又皆下五切莊子石戶之

農亦作石后之農詩間以上聲取叶如桑柔祖與後叶時邁後與保叶保讀作補母滿罪切叶祉

總聞曰皇考即烈考皆謂武王也孝子成王也毛氏皇考文王也祖無稱考之禮孫無稱子之法烈考武王也文母太姒也母子無並右之儀鄭氏光明之考文德之母以爲見右助而歸美一是一非是者其稱考母均也非者右烈考蓋文王在左右文母蓋太姒在左左右配陰陽左陽而右陰是豈可易而或以古者以右爲尊非尊也蓋先也左靜右動動者于用爲先故漢右丞相先左丞相次然非古義也

載見一章

載見辟王曰求厥章龍旂陽陽和鈴央央鞗革有鶬休有烈光率見昭考以孝以享止以介眉壽永言保之思皇多祜烈文辟公綏以多福俾緝熙于純嘏

聞音曰享虛良切嘏後五切嘏從古亦可以古取聲韓氏飫沃羶薌產祥降嘏鳳凰應奏舒翼自舞舞嘏相叶此當以嘏叶祜

總聞曰諸侯來朝成王又從成王而享武王也皇考昭考烈考凡稱考皆武王薛氏言考不特其父

謂其大父曰王考謂其曾祖曰皇考謂其高祖曰顯考高克尊用作朕穆考後仲並謂祖也乃不知何祖禮王父曰皇祖考王母曰皇祖妣父曰皇考母曰皇妣漢儒所記也已于周器有違而薛氏又益舛也漢距周經秦古書旣殘古器又未出反不若後人有所致訂薛氏所見雖博不免有近世儒者之弊其他昭考烈考又將何以處之

有客一章

有客有客亦白其馬有萋有苴敦琢其旅有客宿宿有客信信言受之縶以縶其馬止薄言追之左右綏

之旣有淫威降福孔夷

聞音曰馬滿補切前後馬皆叶旅

聞字曰宿宿信信行辭疊字常事不必宿宿兩宿信信四宿

總聞曰以白馬而衍爲商又衍爲微子似不必爾大害義者孔氏微子來見祖廟之樂歌也京師旣有商廟已非又自有歌亦非審爾何不入商頌而廁周頌孔子必不混殽君臣錯雜今昔當是佐武王克商之功臣叔振鐸奉陳常車周公旦把大鉞畢公把小鉞太顛閎夭執劍毛叔鄭奉明水衞康

叔封布兹召公奭贊采師尚父牽牲尹佚筴祝旣助成浮威自當受夷福也

武一章

於皇武王無競維烈允文文王克開厥後止嗣武受之勝殷遏劉耆定爾功

聞音曰二王相叶受旁紐叔劉旁組陸功旁組谷皆相叶

總聞曰鄭氏嗣武嗣子武王也甚善文王開之武王受之文王世子武王九十三而終則是武王癸丑生乙酉崩方其觀兵盟津已八十五及其克商已八十七所謂耆定爾功旣老而始定功也禮詠嘆之淫液之鄭氏歌遲之也不知句凡七字凡二十八而遲遲久立于綴鄭氏奏武曲一終爲一成凡六成而復綴反位止也其節奏旣如此之多其晷刻亦必所歷之久又當是非獨此一詩亦有他詩而後世不可復知也

閔予小子一章

閔予小子遭家不造止嬛嬛在疚於乎皇考永世克孝

皇考武王也

念茲皇祖陟降庭止維予小子夙夜敬止止

皇祖文王也思武王而又念文王也

於乎皇王繼序思不忘

皇王總言之也

聞音曰中以止相叶或用止上一字叶庭他定切

旁紐叶敬

總聞曰與烈文末辭皆同烈文君戒臣此君自謂

也

訪落一章

訪予落止率時昭考於乎悠哉朕未有艾止將予就

之繼猶判渙維予小子未堪家多難止紹庭上下陟

降厥家休矣皇考以保明其身

紹昭考之烈而陟降于家承皇考之休而保明其

身未及于天下也則以小子之故此成王謙詞也

聞音曰艾魚刈切叶止家古胡切說文身躬也躬

身也從呂旁紐廬可以廬取聲說文軀體也廣韻

體身也從區亦可以區取聲叶家家讀作孤

總聞曰訪落小毖皆言未堪家多難管蔡之變武

庚之變淮夷徐奄之變所謂多難也尋詩當是成

王已悟則既踐阼數年以後非訪落之時也經世

乙酉成王踐位丙戌三監及淮夷畔周公東征則是踐阼之初此疑卽生戊子三監平始黜商命爵侯伯爲誓師于費淮夷亦平此成王悔往更前之時也烏得謂之訪落集韻一曰落居也一曰宮室始成祭之爲落也經世庚寅周公往營成周去東征西還二年得非所謂此落也洛或誤轉爲落古字亦通用然落亦宅意與宅洛相通識者更詳

敬之一章

敬之敬之天維顯思命不易哉止無曰高高在上陟降厥士日監在茲止維予小子不聰敬止止日就月

將學有緝熙于光明佛時仔肩示我顯德行

毛氏鄭氏以君臣爲酬酢今觀哉茲無曰皆臣辭小子予我皆君辭如江漢亦合君臣爲辭也

聞音曰哉將黎切明讀郎切行戶郎切

聞訓曰仔肩毛氏克也鄭氏任也以兩字爲一訓未見

總聞曰閔予小子訪落敬之末章皆稱維予小子或謂前二詩禱祖考之詩故閔予小子稱皇祖者一皇考者一訪落稱昭考皇考者再此詩禱天之詩故稱天者一以爲成王自發辭與前二詩均也

似亦有理但語勢未然

小毖一章

予其懲而毖後患莫予荓蜂自求辛螫肇允彼桃蟲拚飛維鳥未堪家多難予又集于蓼

有小毖當有大毖此例頗多言小必有大言大必有小以削之也勿近荓蜂近之是自求其辛螫也其初信爲桃蟲之無傷而不知其有毒也荓蜂草蜂也桃蟲桃蟲蟲也其類又有大者如鳥其毒甚于荓蜂則獨蜂也獨蜂大如燕人遭螫者立亡蜂中至可畏者也草蜂革蜂石蜂皆不及

聞跡曰蓼地名也見春秋楚公子滅蓼一在壽州霍丘縣唐所謂蓼州也一在唐州湖陽縣杜氏所謂二國者也書成王黜殷命滅淮夷還歸在豐當時淮夷不賓成王蓋自征之所謂撫萬邦巡侯甸四征弗庭者也言又集于蓼蓋征淮之時也孔氏黜殷在周公東征之時滅淮夷在成王即政之後事相因故連及之此頗得其實

總聞曰鄭氏以爲信管蔡疑周公其後懲艾之辭也今觀稱懲似有懲于前也稱毖有謹于後也管蔡纔息淮夷又騷此所謂多難也閔予小子訪落

敬之小毖四詩或當在雅而今在頌必有不得其
所者序者既以神明祭祀爲頌之端曰閔予小子
嗣王朝于廟猶之可也訪落訪嗣王謀于廟亦猶之
可也敬之羣臣進戒嗣王此嗣王求助恐與成功
告神之意有戾何不昔言在廟非不欲之自度有
所不安也

載芟一章

載芟載柞其耕澤澤千耦其耘徂隰徂畛侯主侯伯
止侯亞侯旅侯彊侯以有嗿其饁止思媚其婦有依
其士有略其耜止俶載南畝播厥百穀實函斯活止

驛驛其達有厭其傑止厭厭其苗緜緜其麃止載穫
濟濟有實其積萬億及秭止爲酒爲醴烝畀祖妣以
洽百禮止有飶其香邦家之光止有椒其馨胡考之
寧止匪且有且匪今斯今止振古如茲

聞音曰柞側柏切澤直格切伯與澤一叶饁與伯
一叶不換韻士耜連一叶穀活連一叶活呼酷切
達傑連一叶達陀悅切苗麃連一叶麃表驕切濟
積秭連一叶濟子禮切積子賜切醴妣禮連一叶
香光連一叶馨寧連一叶末一句單結如生民體
意凡十一叶

總聞曰此詩凡其意所起皆曰有有皆其儲有依其士有略其耜有厭其傑有實其積有飶其香有椒其馨如生民意所起皆曰誕誕有皆發辭也發辭雖是虛辭其間物態事情燦可睹也

良耜一章

畟畟良耜俶載南畝止播厥百穀實函斯活止或來瞻女載筐及筥其饟伊黍止其笠伊糾其鎛斯趙以薅荼蓼止荼蓼朽止黍稷茂止稷之挃挃積之栗栗止其崇如墉其比如櫛以開百室止百室盈止婦子寧止殺時犉牡有捄其角以似以續止續古之人

聞音曰畝滿罪切畝與耜一叶活呼酷切活與穀一叶女筥黍一叶糾趙蓼一叶糾其皎切朽茂一叶挃栗一叶墉櫛室一叶盈寧一叶牡角續一叶角姑沃切末一句單結如識芟體意凡九叶

總聞曰兩詩皆稱實函斯活此非習知田野深探物情不能道此語

絲衣一章

絲衣其紑載弁俅俅自堂徂基自羊徂牛止鼐鼎及鼒兕觥其觩旨酒思柔不吳不敖胡考之休

聞音曰吳氏以牛爲魚奇切叶𩚫津之切不若以牛附上以𩚫附下自叶

總聞曰將祭而眡牲眡饌眡器之類也既畢燕以勞之自堂徂基自上而下也自羊徂牛自小而大也鼐鼎及鼒自大而小也言往復檢校也

酌一章

於鑠王師遵養時晦時純熙矣是用大介我龍受之
止蹻蹻王之造載用有嗣實惟爾公允師

尋詩無酌字亦無酌意恐鑠是灼字陸氏酌亦作汋與酌同意而與灼同形與灼同音恐初傳是灼

字已而漸轉作汋又漸轉作酌集韻鑠亦作燿灼亦作爍字畫相犯甚多說文鑠銷也灼炙也皆是火意或古字通用亦未可知爾公允師太公也武王沒成王嗣太公尙無恙見書二公其一太公

聞音曰矣之嗣師相叶矣魚奇切嗣詳茲切亦叶師

總聞曰遵養時晦謂文王也我龍受之謂武王也載用有嗣謂成王也公號師官則望也湯造商專以伊尹爲辭曰聿求元聖與之戮力以與爾有衆請命上天武王造周亦專以太公爲辭曰既獲仁

人敢祇承上帝以遏亂略或謂太公周召之徒此
不然也尋詩可見此詩公字上加以實師字上加
以允至確之論也

桓一章

綏萬邦婁豐年天命匪解桓桓武王保有厥士于以
四方 止 克定厥家於昭于天皇以閒之
在第四句以爲首題此詩主意在桓
聞音曰邦補耕切年彌因切相叶家旁紐作甲閒
旁紐作甲可叶又天閒一叶 別出
聞字曰閒作閑古字多用此日當作月可與天相
叶閑亦讀作賢賚音閑以賢取聲閑賢通用

總聞曰此歸馬放牛之後也士則保之家則定之
天意可知自此無復事也君其處之以閑爾

賚一章

文王既勤止我應受之敷時繹思 止 我徂維求定時
周之命於繹思
尋詩皆無賚字亦無賚意當是諸詩閒有無題者
後人衍意取題武成一戎衣天下大定此徂維求
定則是大定也此時周之命則是武成列爵分土
之命也由此遂以賚爲題又恐其不可也此詩再

稱我集韻亍我也又亍賜亍也曲意爲辭釋所以亍之之意蓋自我生辭而其心有所不安故其辭不覺涉無謂也賚謂亍其誰不知亍必于善人亦其誰不知豈有武王聖君而錫亍惡人乎其無謂可見也

聞音曰兩相思叶前叶止與之叶止眞而切後叶定與命叶皆結以思

總聞曰文王以勤造始我亦當以勤受成初言繹推而廣之故曰敷再言繹敷之不足盡故曰於說文繹抽絲也絲細也長也漸抽漸出也不當作陳思辭也作辭則有餘味作惟則既云繹又云思即覺語繁而意枯上時辭也於辭也下思辭也中存一繹字有咏歎淫液之勢此則在人會意也

般一章

於皇時周陟其高山嶞山喬嶽允猶翕河敷天之下裒時之對時周之命

題如賚于詩無見亦是推衍武成之文末云垂拱而天下治即有樂意此詩處頌之終故以處武成之終者倣之雖不失爲師經然亦用意太過也

聞音曰此詩叶音皆在末語上一字恐是其音如

此通稱三字單稱一字於皇時者周也陟其高者山也隨山喬者嶽也允猶翕者河也高與喬叶翕旁紐作熙熙與前時後之叶敷天之者下也裒時之者對也時周之者命也以之相叶古人皆不徒然雖其音不可得而聞然搜辭尋音未至于害義悖理特好古之過爾

總聞曰尚恐天下未習周號也初曰是爲周末曰是爲周初末相應庶天下知今代之爲周非故商也前詩亦曰時周之命蓋我知天下爲周而再三繹之勿使其復爲商也兩言時周之命一謂已一

謂人也善哉孟子之言曰由湯至于武丁賢聖之君六七作天下歸商久矣久則難變也武丁朝諸侯有天下猶運之掌也紂之去武丁未久也其故家遺俗流風善政猶有存者經世武王克商已卯以武庚守商都而續之庚辰以管叔蔡叔霍叔分商畿爲三而監之八年丙戌而同叛又三年戊子而乃平又三年庚寅以西周去關東之遠也又營東周又二年壬辰成周既成而周公分政成周東郊又五年丙申君陳繼之又二十九年癸亥畢公繼之又二十六年而康王崩昭王立其後不復詳

見此事書陳其迹詩陳其意則商周之際雖遠而可想見也

詩總聞卷十九

後學　王簡　校訂

詩總聞卷二十

宋　王　質　譔

魯頌

駉四章

駉駉牡馬在坰之野薄言駉者有驈有皇有驪有黃以車彭彭思無疆思馬斯臧

駉駉牡馬在坰之野薄言駉者有騅有駓有騂有騏以車伾伾思無期思馬斯才

駉駉牡馬在坰之野薄言駉者有驒有駱有駵有雒以車繹繹思無斁思馬斯作

駉駉牡馬在坰之野薄言駉者有駰有騢有驔有魚以車祛祛思無邪思馬斯徂

思皆辭也一言以蔽之曰思無邪孔子自發此辭非引此語也或用此語亦可葢辭韻雖不同而意故在也邪詳余切與徐除同邪羊諸切與餘余同二字相通緩也邪徐嗟切與斜溆同不正也審爾三字皆從牙入麻韻亦可三字皆同余入魚韻亦可孔子雖引魚韻之詩自入麻字之意也思與邪同雖引語辭之詩自入思維之意也蘇氏有思皆邪無思則土木也當何以使有思而無邪無思而

非土木此孔子之所盡心也此是否固未論又曰
孔子于詩其有會于吾心此則甚善旣會心不逆
所從來亦不追所從往自是吾心有見非干詩也
聖賢引詩多然而此猶足以令人起意也
聞音曰馬滿補切野上與切者掌與切彭鋪郎切
才斯西切繹弋灼切斁弋灼切駓讀孤切邪詳余
切
聞字曰戰馬用牡不用牝惡亂而難整也此當是
習戰待敵或改作牧恐非十六種馬惟魚皇黃雒
無旁從集韻馬二目白曰驔黃與皇雒與駱相犯

集韻馬黃白曰騜或從驥白色黑鬣尾曰駱或作
雒但不言其少異安在詩必不同章重出也凡物
未有不從其本類者詩偶省文其他字畫多然
聞跡曰毛氏坰遠野也邑外曰郊郊外曰野案爾雅郊
外謂之牧牧外謂之野此有脫文野外曰林林外曰坰鄭氏牧于
坰野辟民居與良田也禮以官田牛田賞田牧田
任遠郊之地此說甚善說文駉牧馬苑也引此在
坰之野則是上下駉字同也恐許氏不若毛鄭氏
之長
總聞曰山北山西山東之馬皆良東產下于西西

産下于北惟南最下僖公東馬從事于荆舒淮夷之間宜乎得志也

有駜三章

有駜有駜駜彼乘黄夙夜在公在公明明振振鷺鷺于下鼓咽咽醉言舞于胥樂兮

有駜有駜駜彼乘牡夙夜在公在公飲酒振振鷺鷺于飛鼓咽咽醉言歸于胥樂兮

乘黄趨公所也明明自夙及夜然未暗也振鷺下鷺將宿晚之候也言舞正歡之時也乘牡亦趨公所也飲酒自夙及夜然尚飲也振鷺飛鷺將起曉之候也言歸已闌之時也

有駜有駜駜彼乘駽夙夜在公在公載燕自今以始歲其有君子有穀詒孫子于胥樂兮

載燕又燕也前二章一會也此一章一會也記前後早晚前已以鷺于下于飛言之記歡情始末前已以醉言舞言歸言之至是則以頌禱之情結之前二章所言此亦有此一章所言前亦有互相備也特頌禱最爲至情故以爲結辭

聞音曰明謨郎切下後五切牡莫後切駽呼縣切有羽軌切

總聞曰頌禱之辭多言福言祿而此獨言豐年蓋
今以始言昔多無年也蓋春秋自莊閔至僖十餘年
之間莊二十五年大水二十七年無麥禾二十九
年有蜚僖二年三年冬春夏不雨此詩當此年以
後也蓋自隱公弑于羽父桓公弑于彭生莊公雖
免于叔牙而公子般公子開卒不克免于慶父至
是僖公得季友之力加奚斯之助除慶父之逼戹
經患難其享安平其情豈比于經常之君臣莫此
夙夜在公其禮亦非經常之燕饗也

泮水八章

思樂泮水薄采其芹魯侯戾止言觀其旂其旂茷茷
（館本案茷茷一作茷茷此從注疏本）鸞聲噦噦無小無大從公于邁

思樂泮水薄采其藻魯侯戾止其馬蹻蹻其馬蹻蹻
其音昭昭載色載笑匪怒伊教

思樂泮水薄采其茆魯侯戾止在泮飲酒既飲旨酒
永錫難老順彼長道屈此羣醜

穆穆魯侯敬明其德敬慎威儀維民之則允文允武
昭假烈祖靡有不孝自求伊祜

明明魯侯克明其德既作泮宮淮夷攸服矯矯虎臣
在泮獻馘淑問如皋陶在泮獻囚

魯侯將至則喜泮水魯侯已至則喜魯侯變思樂
而言穆穆明明變泮水而言魯侯變戾止而言明
德人情漸變物情漸更故詩人措節（本案此下原本缺）
濟濟多士克廣德心桓桓于征狄彼東南烝烝皇皇
不吳不揚不告于訩在泮獻功
角弓其觩束矢其搜戎車孔博徒御無斁既克淮夷
孔淑不逆式固爾猶淮夷卒獲
翩彼飛鴞集于泮林食我桑黮懷我好音憬彼淮夷
來獻其琛元龜象齒大賂南金
聞訓曰觩弓弦急也搜矢聲發也今曠野廣場聞
發矢有此聲博寬也鄭氏改博作傅盍欲叶斁音
杜又欲叶逆音遇叶獲音護今不改自叶宜從吳
氏

聞物曰茆蒓菜也與芹藻皆泮水所產采此以為
飲酒之葅此物多在陂澤可見在郊
總聞曰禮天子將出征類于上帝宜乎社造乎禰
禡于所征之地受命于祖受成于學出征執有罪
反釋奠于學以訊馘告吉之所謂學者君臣上下
會集禮樂刑政發施之所在朝所與見者寡在學
所與見者衆辟廱學之爾所泮亦學之一所其他

先世之別廟先臣之別位以至射圃宜榭無所不有可以祭祀可以燕饗可以刑賞可以游觀故靈臺有臺有囿有沼有辟有雝故此會集之處所也古器有在辟宮有在雝位有在下保雝有在西宮熹熹亦雝也而振鷺亦有西雝禮既辟雝泮水分配天子諸侯則其泮水者亦不一所也古器有在和宮亦是雝之異名又在寒栗亦是辟之異名寒栗猶辟易此肅意也泮水當是泮意判渙猶剖斷亦辟意也僖公當時偶于學在泮故因以得傳其他所在不可得而攷也說文泮諸侯鄉射之宮西

南為水東北為牆其為鄉射之宮則未可知至西南為水東北為牆則附會半水之意未必然也凡事從半皆剖散之意集韻判分也泮釋也伴胖廣也迸去也拌弃也騈行也自許氏之前鄭氏固已言築土雝水圓如璧築土安能渟水特附合雝意而不知其不可也泮言半也東西門以南通水北東門自南通北西門自南通北則迴環皆水非半水也許氏知其不安故西南為水東北為牆凡宮室面南背北今自南而西皆水自東而北為牆乃不成宮室字形宮明在前南也暗在後北也室通

在前南也塞在後北也圓水猶之可也半水未可信之禮小學在公宮南之左太學在郊書傳百里之國二十里之郊七十里之國九里之郊五十里之國三里之郊國愈大則郊愈闊學愈寬後世所謂學者特其間論一二事略倣其大概而全非其本意養老一事又已不存其餘制度文物皆不復可推雖然又何獨此而已

閟宮十三章 案閟宮舊爲八章雪山分爲十三下當有闕章今佚

閟宮有侐實實枚枚赫赫姜嫄其德不回上帝是依無災無害彌月不遲

是生后稷降之百福黍稷重穋稙穉菽麥奄有下國俾民稼穡有稷有黍有稻有秬奄有下土纘禹之緒后稷之孫實維太王居岐之陽實始翦商至于文武纘太王之緒致天之屆于牧之野無貳無虞上帝臨女敦商之旅

詩蓋以作岐爲興周之基未有以居岐爲翦商之始也易隨上六王用亨于西山升六四王用亨于岐山六四非尊位而自此亨也閟宮所奉者婦人略舉其大者一人曰姜嫄其太姜太任太姒皆在也先祖略舉其大者四人曰后稷太王文武其公

劉王季皆在也
克咸厥功王曰叔父建爾元子俾侯于魯大啟爾宇
爲周室輔乃命魯公俾侯于東錫之山川土田附庸
言叔父亦有功也所謂克咸咸同也其下太山梁
甫山在今奉符縣鳧山繹山在今鄒縣皆在兗州
龜山在沂州徐在徐州鄒山記曰徂徠在梁甫山
多松柏梁甫新甫也閟宮又略舉所奉者二人曰
周公魯公其莊公皆在也
周公之孫莊公之子龍旂承祀六轡耳耳春秋匪解
享祀不忒皇皇后帝皇祖后稷享以騂犧是饗是宜

降福既多
自天下言之以后稷爲宗自后稷以下皆在自一
國言之以周公爲宗自周公以下皆在朱氏閟宮
魯之羣廟會其天下所謂始一國所謂始凡與同
姓悉皆同宇其實私祭之公所也
周公皇祖亦其福女秋而載嘗夏而楅衡白牡騂剛
犧尊將將毛炰胾羹籩豆大房萬舞洋洋孝孫有慶
孝孫有慶謂飲福受胙也故頌禱僖公見下
俾爾熾而昌俾爾壽而臧保彼東方魯邦是常不虧
不崩不震不騰三壽作朋如岡如陵

此詩稱六俾凡三節一節俾俾爾熾而昌俾爾壽而臧二節俾爾昌而熾俾爾壽而富三節俾爾昌而大俾爾耆而艾此所舉之壽皆以朋而來也

公車千乘朱英綠縢二矛重弓公徒三萬貝冑朱綅烝徒增增戎狄是膺荊舒是懲則莫我敢承

畢祭凡與祭者禱主人之福自熾昌壽臧以下是也頌主人之功自公車朱英以下是也

俾爾昌而熾俾爾壽而富黃髮台背壽胥與試俾爾昌而大俾爾耆而艾萬有千歲眉壽無有害

作朋之福未盡其意又推廣之自俾爾昌而熾以下是也

泰山巖巖魯邦所詹奄有龜蒙遂荒大東至于海邦淮夷來同莫不率從魯侯之功

莫敢承之功未盡其意又推廣之自泰山巖巖以下是也

保有鳧繹遂荒徐宅至于海邦淮夷蠻貊及彼南夷莫不率從莫敢不諾魯侯是若

天錫公純嘏眉壽保魯居常與許復周公之宇魯侯燕喜令妻壽母宜大夫庶士邦國是有既多受祉黃髮兒齒

俾爾之福猶未盡其意又推廣之自天錫公純嘏以下是也毛氏常許魯南鄙西鄙鄭氏許許田也魯朝宿之地常或作嘗在薛之旁引魯莊三十一年築臺于薛又引田文食邑于薛皇覽孟嘗家在魯國薛城案家當作冢皇覽語裴駰史記集解引之引此以鄭氏為證索隱亦以嘗非謚乃邑又引此以鄭氏為證然常氏地譜以為其地未見鄭氏亦以為所由未聞亦意之也或謂堂父在沂州當是音字皆轉長清在齊州長白山長城在淄州當是字轉恐此常只當如魯邦是常之常蓋其邦常居曲阜是也隱八年

鄭伯使宛來歸祊左氏鄭伯請釋泰山之祀而祀周公以泰山之祊易許田庚寅我入祊而未有也桓元年鄭伯以璧假許田當是以祊未成又以璧求乃許三月公會鄭伯于垂四月公及鄭伯盟于越左氏結祊成也則是許為鄭得計僖公復取之也杜氏成王營王城故賜周公許田以為魯國朝宿之邑後因立周公別廟鄭桓公有助祭泰山湯沐之邑故欲以祊易許田各從本國所近之宜恐魯以周公別廟為疑故言已廢泰山之祀而欲為魯祀周公遜辭以有求也豈有始祖別廟人主賜

邑而欲以易他人湯沐之地可謂魯之大恥不知
僖公于何年復之僖五年諸侯盟于首止鄭伯逃
歸不盟六年公會諸侯伐鄭楚人圍許諸侯遂救
許魯以鄭逃盟而伐之楚以諸侯伐鄭而圍許以
救之許遂歸楚當是此時乘鄭問魯楚伐許因而
遂復取許田也妻也母也當是存者也其亡者皆
入近廟其存者頌禱主人之餘則皆及之大夫庶
士則羣臣皆在也邦國是有則舉國凡民亦在也
所謂旣多受祉也黃髮兒齒並妻母外族也君民
闔境也皆有此壽徵也

徂來之松新甫之柏是斷是度是尋是尺松桷有舃
路寢孔碩新廟奕奕奚斯所作孔曼且碩萬民是若
此廟卽閟宫也近于正寢故知閟宫者私祭之公
所也毛氏新廟閔公廟也閔公無功德又兄弟自
無由別立廟鄭氏新廟姜嫄廟也姜嫄雖有功德
然外姓亦無由作始廟並后稷以下皆廟也姜嫄
爲首者記后稷所由生也奚斯督工庀事之官鄭
氏教護屬功課章程是也班氏兩都賦奚斯頌魯
王延壽靈光殿賦奚斯頌僖非也賈氏以誤指作
詩主名館本案此下原本缺

商頌

那四章

猗與那與置我鞉鼓奏鼓簡簡衎我烈祖

初則置鞉鼓未用旣而奏鞉鼓益眾樂已作鞉鼓所以節樂者也

湯孫奏假綏我思成鞉鼓淵淵嘒嘒管聲旣和且平依我磬聲

次鞉鼓管磬竝奏奏進也假升也前奏鼓奏作樂也此奏假奏升堂也此詩三稱湯孫自是三節一進告升堂也謂奠神也二燔幣有先也謂畢事也

三受胙均享也謂飲福也開其夷懌之容述其溫恭之職執事有勞而助祭有能也

於赫湯孫穆穆厥聲庸鼓有斁萬舞有奕

次鼓鐘萬舞竝奏奕奕萬舞之狀也

我有嘉客亦不夷懌自古在昔先民有作溫恭朝夕執事有恪顧予烝嘗湯孫之將

鄭氏太古有此助祭之禮恐非謂樂之節奏祭之次第自古作此非今創爲古民人通用先民卽是古人自唐諱民始更改參錯後有復者有不復者詩兩稱先民此古語也一稱先人不知舊語如此

爲後復改如此或謂宜民宜人當作宜民宜民葢重言之後一改一不改王氏在政和中欲改年作宜民或難王氏以宜民宜人今但取半語非是王氏以重言爲對然卒不用也王氏最博古多藏書其所見必有自來也

聞音曰淵於巾切斁弋灼切奕弋灼切客克各切懌弋灼切昔息約切夕祥龠切

聞章曰舊一章今爲四章

聞字曰庸或作鏞古字亦通用

總聞曰以下皆商時商廟所用也舊說用于成周

之廟曰周用六代之樂也又說用于微子之國曰二王之後得自用先代之樂也識者更詳

烈祖五章

嗟嗟烈祖有秩斯祜申錫無疆及爾斯所既載淸酤賚我思成亦有和羹既戒既平鬷假無言時靡有爭

前詩聲也所言皆音樂此詩臭也所言皆飲食也商尚聲亦尚臭二詩當是各一節那奏聲之詩此薦臭之詩也商尚聲故以樂居先

綏我眉壽黃耇無疆約軧錯衡八鸞鶬鶬以假以享我受命溥將自天降康豐年穰穰

來假來饗降福無疆顧予烝嘗湯孫之將

聞音曰衡戶郎切饗虛良切

聞章曰舊一章今爲五章

總聞曰此皆祀湯也故皆曰烈祖序者以那爲祀成湯以此爲祀中宗鄭氏引及爾斯所附合及汝之此所汝中宗也不知何以見之自湯而下皆可以爲及汝皆可以爲斯所而獨歸中宗何也豈非以玄鳥爲武丁在那玄鳥之間未有所歸而湯之後高宗之前中宗盤庚爲賢中宗既在盤庚之前而桑穀變災爲祥可合自天降康之文今觀烈祖

既同辭猗與那與嗟嗟又同意而綏我思成賚我思成小異大同顧予烝嘗湯孫之將全同不獨出于一時亦出于一人也

玄鳥四章

天命玄鳥降而生商宅殷土芒芒古帝命武湯正域彼四方

玄鳥紀節而紀節之間又自有說禮仲春玄鳥至以是祠高媒當是此年玄鳥至而有字次年玄鳥至而生契是十三月而始誕也故知其有天命吞卵之事不惟誕又且猥漢高猶龍種商契乃燕種

學識者更詳帝謂嚳也嚳居亳後自契八遷至湯
而復居亳故書從先王居作帝告釐沃帝告當是
言帝命之意釐沃當是言正域四方之意孔氏釐
治沃土也

方命厥后奄有九有商之先后受命不殆在武丁孫
子武丁孫子武王靡不勝龍旂十乘大糦是承邦畿
千里維民所止肇域彼四海

四海來假來假祁祁景員維河殷受命咸宜百祿是
何

商都近河言來者如河也何不足爲數言何止百
祿也鄭氏以河爲何以何爲荷毛氏任也鄭氏擔
荷天之多福皆荷意也所不可曉

聞音曰有羽軌切殆養里切勝書烝切海虎猥切
祈宜隔句相叶河何亦隔句相叶

聞訓曰景集韻光也當讀如汎汎其景之景水光
也員集韻語辭也鄭氏古文作云

聞章曰舊一章今分四章

總聞曰此高宗之子孫祀成湯者也祀高宗在下

長發七章

濬哲維商長發其祥洪水芒芒禹敷下土方止外大

國是疆幅隕既長有娀方將帝立子生商

有娀契母也帝謂舜也所立之人子姓所生之地商邑也

玄王桓撥受小國是達受大國是達率履不越遂視既發相土烈烈海外有截

玄王契也玄烏至而生紀時稱玄王商既有天下之後不追謚而追稱如武成惟先王建邦啟土孔氏謂后稷也自契之後湯之前十三傳而獨舉相土一人左氏閼伯居商丘相土因之是最盛者有此也

帝命不違至于湯齊湯降不遲聖敬日躋昭假遲遲上帝是祗帝命式于九圍

自相土而下昌居曹圉冥振微報丁報乙報丙主壬主癸皆事夏不敢違命至湯而曰天乙是與帝齊有代君之德偪上之勢此帝桀有夏臺之囚如商紂有羑里之錮皆寖鄰于大位故致疑也降生也屈氏惟庚寅吾以降自湯之生則天時人事甚疾而不遲也聖也敬也隨日而升而湯格天甚緩事天甚嚴夏帝使為表式于天下則時已至也孔氏湯為夏方伯得專征伐與文王西伯之事相同

也葛伯不祀湯始征之與文王伐崇之事相同也經世丁丑湯卽諸侯位卽方伯也戊寅成湯征葛始專征也上帝天也帝君也夏商皆稱帝號

受小球大球爲下國綴旒何天之休不競不絿不剛不柔敷政優優百祿是遒

受小共大共爲下國駿厖何天之龍敷奏其勇不震不動不戁不竦百祿是總

武王載旆有虔秉鉞如火烈烈則莫我敢曷苞有三蘖莫遂莫達九有有截韋顧旣伐昆吾夏桀

前詩先言武湯次曰武王此又曰武王大卒湯以

武爲盛卽其盛者相承爲常稱雖非謚亦習呼也

朱氏苞夏桀也蘖韋也顧也昆吾也甚善

昔在中葉有震且業允也天子降于卿士實維阿衡實左右商王

承上苞蘖爲辭言湯爲葉在苞蘖之中苞覆于上蘖攻于下可謂不安夏書伊尹去亳適夏孔氏進于桀也旣醜有夏復歸于亳孔氏不能用賢復退還也經世乙卯薦伊尹于夏王壬午伊尹歸亳降于卿士者此也乙未伊尹相湯伐桀實維阿衡實左右商王者此也

聞音曰共居容切厖莫紅切若欲平叶則六句皆叶龍若欲仄叶則六句皆叶動三平三仄亦可但與上不類龔魚劉切衡戶郎切

總聞曰此詩之體全與大明相符古人文章亦有所祖述不苟作也

殷武六章

撻彼殷武奮伐荆楚罙入其阻裒荆之旅有截其所湯孫之緒

殷武商武丁也成湯號武王其後二十九主以武爲號者二人武丁得聲至高武乙得禍至大最後

武庚續商祀亦不令終大率在商周以文武爲極稱而商爲至嚴觀死生禍福之際則天心人心曾何異也

維女荆楚居國南鄉昔有成湯自彼氐羌莫敢不來享莫敢不來王曰商是常

西北夷强東南夷弱言西北尚爾東南當如何敉之辭也易旣濟高宗伐鬼方三年克之象曰憊也未濟震用伐鬼方三年有賞于大國雖不言高宗實高宗也象曰志行也商有虎方彝博古虎方鬼方也楚人好鬼故曰鬼方虎在東北則非南也易

與詩相應虎方之彝容有差也
天命多辟設都于禹之績歲事來辟勿予禍適稼穡
匪解
在禹荆楚屬荆州汝乃我王土所有循歲事來朝
王則我不汝禍不汝過保田業不解散也不然汝
豈得安也敕之辭也
天命降監下民有嚴不僭不濫不敢怠遑命于下國
封建厥福
僭濫怠遑無此三過則命汝有邦與封建同福不
然不得我命汝何以自立又敕之辭也

商邑翼翼四方之極赫赫厥聲濯濯厥靈壽考且寧
以保我後生
此高宗子孫祀武丁謝之辭也
陟彼景山松柏丸丸是斷是遷方斲是虔松桷有梴
旅楹有閑寢成孔安
司馬氏武丁沒祖庚立祖己嘉祥雉之德立廟爲
高宗雉是災非祥稱宗不爲此也然既尊爲高宗
則立廟審也當是此寢
聞音曰享虛良切解古義切音係適丁歷切音的
旁紐作丁計切音地叶係集韻嚴魚銜切濫盧甘

切此作一叶國越逼切福筆力切此作一叶吳氏不必以嚴作莊避漢諱而改

聞句曰左氏魯哀五年引此不僭不濫不敢怠遑命以多福比今詩少一句更三字杜氏無他辭又魯襄二十六年引此不僭不濫不敢怠遑命于下國封建厥福比今本相同杜氏亦無他辭則春秋之時所傳已有差舛大率左氏所引多與今本異同特在圓機以情以理推之而已

聞跡曰景山在澶州與定之方中景山同

總聞曰首舉湯以爲辭湯之威德入人之心甚深

後世不無憑藉也如周之子孫舉事多稱文武

後學　王簡　校訂

詩總聞卷二十

詩總聞原跋

右雪山王先生詩說二十卷其家櫝藏且五十年未有發揮之臨州貳車國正韓公攝守是邦慨念前輩著述不可湮沒迺從其孫宗旦求此書鋟梓以廣其傳命工經始而日強分符來此公餘因取讀之其刪除詩序實與文公朱先生合至于以意逆志自成一家眞能寤寐詩人之意于千載之上斯可謂之窮經矣趣使鑱刻凡三閱月而後竣事使斯文顯行于世後學之幸也淳祐癸卯季冬上澣吳興陳日強書于富川郡齋

ISBN 978-7-5149-0336-2

9 787514 903362 >

中國書店藏版古籍叢刊

詩總聞

一函六册

作者 宋·王質 著

出版發行 中國書店

地址 北京市琉璃廠東街一一五號

郵編 一〇〇〇五〇

印刷 北京華藝齋古籍印務有限責任公司

版次 二〇一二年五月

書號 ISBN 978-7-5149-0336-2

定價 三五〇〇元